莫礼荣　著

痴竹诗集

（二）

南方传媒

广东人民出版社

广州·

图书在版编目（CIP）数据

痴竹诗集. 二 / 莫礼荣著. —广州：广东人民出版社，2022.6
ISBN 978-7-218-15778-8

Ⅰ.①痴… Ⅱ.①莫… Ⅲ.①诗集—中国—当代 Ⅳ.①I227

中国版本图书馆CIP数据核字（2022）第086660号

ChiZhu ShiJi (Er)

痴竹诗集（二）

莫礼荣 著

出 版 人：肖风华

封面题字：刘斯奋
责任编辑：汪　泉
责任技编：吴彦斌　周星奎
封底治印：李少斌
封面设计：邱健敏

出版发行：广东人民出版社
地　　址：广州市越秀区大沙头四马路10号
　　　　　（邮政编码：510199）
电　　话：（020）85716809（总编室）
传　　真：（020）85716872
网　　址：http://www.gdpph.com
印　　刷：广东鹏腾宇文化创新有限公司
开　　本：787毫米×1092毫米　1/32
印　　张：9.5　字　数：100千
版　　次：2022年6月第1版
印　　次：2022年6月第1次印刷
定　　价：89.00元

如发现印装质量问题，影响阅读，请与出版社（020-85716821）联系调换。
售书热线：（020）87716172

自序

　　庚子国难，"新冠"虐城。医护逆行，抗疫楚荆。中、西医劲旅协同剿毒，犁庭扫穴，硝烟虽渺剑光寒。

　　时羊城应急，医馆停诊。予避疫家居，聚焦"战况"，自问郎中晚岁，绵力其荷？

　　夜读叶老嘉莹，醍醐灌顶——"书生报国何为计，难忘诗骚李杜魂"。媒体影视，敬录英雄，挺身疗疾，劬劳为众，罹毒殉国；无双国士，耄耋神农，身先士卒……撼魄涤魂！一介书生，慨然命笔，不避老陋，烛灺明笺，长啸短吟，勉力填词，颂铭当年波澜壮阔，以武汉为主战场之抗疫闻见。忠诚坦白，或可存史诗之某些句段欤？

武汉解封，九州春暖。医馆重开，郎中坐堂，行针炷艾，寸草春晖。兰圃再启，墨客赓酬，诗心旷达，闲说庄老文王。师友围炉，音画神游。含饴弄孙，安徒生同梦。触景生情，联语即兴。

绝律诗余，颇草草者也。幸蒙广州美院赖锡鸿教授，初缀成集；更仰广州美院附中曾长耕老师秉烛申旦，鼎力编辑定稿。期间，陈昇阳、李少斌、崔日辉及李慧儿诸位师友，慷赠高明，诤言雅正。邱健敏硕士，干练统筹完善。

此集乃晚岁绵力所为的第二本诗集。喜得前辈、诗词大家、

原广东省文联主席刘斯奋先生题签勉励。顿悟桑榆未晚。然则寿临七五，聊作初度之礼可也！今赧奉诸函丈座前，领受垂教，岂非颐养天年之良药哉。是为序。

莫礼荣（痴竹客）

辛丑年季夏

目录

听览骋怀倚声

006

夜读见怀

异国纪游

天真得意

011

师友重义

第三章 联语·················255

赓酬

胜迹

014 **人物**

祝寿

第一章

词

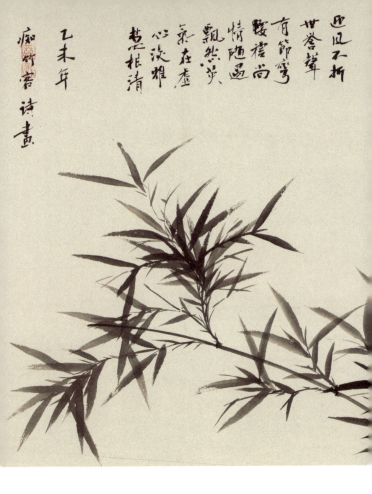

迎風不折
世譽聲
有節鸞
駿禧尚
情隨過
飄然笑
氣在虛
心淡雅
甚根清

乙未年

痴竹齋 讀畫

作品名称：晴竹
尺寸：120cm×67cm
材料：纸本水墨

破阵子

运筹帷幄

2020年2月8日，国家卫健委调整全国新型冠状病毒肺炎专家组成员，由国家卫健委体制改革司司长梁万年任组长。"允执厥中"也。

抗疫雄图大略，执中统帅从容。遣将中西荆楚会，逆境纵横国士风。大夫剑若虹。

浪恶同舟共济，心齐灭毒成功。孟夏江城花再

艳，黄鹤归来楼更雄。虹桥架碧空。

2020.05.09

沁园春

国医大师张伯礼院士

赤子丹心，疫境偏行，虎穴现身。仗岐黄利器，方舱平妖；慈悲睿智，险症回春。献胆提肝，①含辛茹苦，最是英雄霜鬓绅。擎天柱，正中华重器，脱俗无尘。

高风亮节言真。洒热泪，杏林窨状陈。幸临床辩证，经方古法；灭

"冠"② 行善，老将军魂。出岫清云，凌空大义，传播神农草木恩。医圣裔，令《伤寒》③至理，扫毒如神。

2020.03.26

【注释】

　　①张院士操劳，患胆囊急症，在武汉手术割除胆囊。

　　②"冠"，新冠肺炎。

　　③《伤寒》，张仲景著《伤寒论》。

西江月

陈薇院士

沥胆披肝抗疫，
焚膏继晷研"苗"。
显微镜下毒枭消，
试验高明可靠。

俗者求田问舍，
将军跃马挥刀。
硝烟寂默战歌豪，
巾帼廉颇不老。

2020.04.28

008

西江月

大医方正

　　2020年4月17日，国务院联防联控机制新闻发布会，北京中医药大学副校长王伟教授根据临床统计数据，验证，宣布："清肺排毒汤"对治疗"新冠肺炎(COVID-19)"特别有效。

病毒横行未遏，

疫苗远望闻声。

岐黄古法震雷霆，

保肺祛邪救命。

心运神机辩证，
情滋药石生灵。
春风骀荡杏林兴，
思邈大医方正。

2020.04.22

西江月

王辰院士

毒漫江城疫恶，
民祈大地春回。
运筹帷幄得天机，
造化"方舱"拯世。

011

雾里神光指路，
心中使命祛魑。
迷离扑朔辩几微，
力挽狂澜共济。

2020.04.13

西江月

较量

病毒形微祸大，
医神任重才高。
卫城汗染白征袍。
昼夜方舱奋棹。

国难军民共赴，
灵丹今古同淘。
慈航何以破惊涛？
掌舵初心明道。

2020.03.07

西江月

快递小哥

疫境纵横风恶，
物流畅达情真。
驱车送货慰愁人，
幸顾万民安隐。

013

高尚平凡任侠，
劬劳厚道存根。
共纾国难见忠魂，
大义肩挑才俊。

2020.02.28

西江月

座右铭

举世关门思过，
全心问道求真。
官民贫富尽微臣，
病毒"皇冠"掌印。

互斗天人共恶，
天人合一行仁。
心铭座右祖先文，
何致封城血训？

2020.02.17

西江月

寄怀

往事如烟吾历，
而今有梦谁知？
同仁灭疫远征驰，
马到功成报喜。

明月南山还照，
铁军武汉扬威。
雷公神火毒霾摧，
黄鹤归来楼美。

2020.01.30

西江月

黄鹤

鹤去楼空寂寞，
愁随疫至徘徊。
江城月冷梦依稀，
亟盼缓、和①天赐。

崔颢思乡眺暮，
郎中借句求晖。
鹤迎春暖故楼归，
疫弭名城更美。

2020.01.30

【注释】
　①缓，和，《史记》载之名医。

016

西江月

听谭盾云指挥
"武汉十二锣"

地久天长万物，
山高水淼千秋。
鸣锣颂爱共沉浮，
抗疫环球携手。

017

弦乐凌云警世，
编钟撼岳驱愁。
大哉人道是方舟，
破浪扬帆抖擞。

2020.04.16

忆秦娥

医者颂

征恶毒，
春寒不避阴霾触。
阴霾触，
义无反顾，
手持犀烛。

慈航坎坷轻名禄，
肠饥血热为民福。
为民福，
"皇冠"扫尽，
把长城筑。

2020.01.29

梦江南

望晴空

春雷寂，
万物亦宽容。
应节鲜花千种俏，
逆天人类独"冠"蒙。
闭户望晴空。

2020.03.08

十六字令

体温枪

枪。专测身温毒疫防。
平安保，无弹亦戎装。

2020.03.05

长相思

夜诊咏行

梦可延，志可延，
月照明心月更圆。
慈行天地间。

小步前，大步前，
信用随形夜幕穿。
难忘庚子年。

2020.04.20

满江红

人类英雄

共建方舟，齐抗疫、无分国族。天职履、病人是救，情同手足。病毒无声刀剑逼，良医冒险膏肓逐。过惊涛、携手化危机，丹心搁。

"新冠"至，无全玉；洲际过，环球戮。幸精诚国士，合兵神速。使命心怀医道妙，慈航手秉

灵犀烛。望沙场，人类祝
英雄，晴天复。

2020.04.04

满江红

国器

院士兰娟，闻疫起、请缨探赜。良医手、江城号脉，首鸣警笛。[①]辩证人传人属实，献言一而三何急。国难临、巾帼任先锋，行天职。

古稀将，奇兵率，怀绝技，"新冠"敌。更高瞻远瞩，献"封城"策。[②]石破天惊青史载，灾平毒弨环球益。脸添纹，大器若天人，兰香逸。

2020.03.31

【注释】

①2020年1月19日，武汉，国家卫健委高级别专家组会议上，传染病学家工程院院士李兰娟第一个发言，肯定新冠病毒肺炎"人传人"。

②2020年1月22日晚，李兰娟院士强烈提出除夕前封武汉城的主张。

柳梢青

国医

汗浸征袍，穿行毒雾，易水萧萧。

妙计长沙①，拯民救难，效捷功高。

缓和昼夜劬劳，洒甘露，膏肓畏逃。

大爱岐黄，江城战疫，天地昭昭。

2020.03.19

【注释】

①医圣张仲景，曾任长沙太守。史称张长沙。

柳梢青

武汉

国难担当，封城抗疫，
拯世方舱。

虎穴医堂，正邪相搏，
铁血沙场。

中央遣将驰襄，急围
剿，犁庭灭殃。

雷火熔霜，曙光初照，
黄鹤思乡。

2020.03.16

谢池春

抗疫

病毒如刀，杀戮纵横狂妄。

免硝烟、攻城反掌。

称王称霸，却行踪难状。

九州危、几多悲壮。

军民医护，国难同当齐上。

勇犁庭、清除魍魉。

方舱安渡、更居家相望。

盼中华，凯歌高唱。

2020.03.11

丑奴儿

口罩

轻灵擅把心身守，
口鼻严封，
"接吻"情浓。
互盼春风抗疫逢。

不分贫富妍媸样，
克难途中，
旧貌新容。
消弭"皇冠"共建功。

2020.03.02

青玉案

心香

心香千里江城祭，老泪送、英雄辈。受命临危将国护，杏林才俊，宁为玉碎，誓把孤城卫。

成仁取义千秋记，问舍求田大夫耻。克难兴邦今日事。英雄遗志，九州同继，毒穴雷霆毁。

2020.02.27

桃源忆故人

国医颂

雄师挥舞岐黄剑，

蹈火赴汤忘险。

克难敢提肝胆，

誓把"新冠"斩。

张机①哲嗣新方验，

道古情深天鉴。

简便价廉平淡，

奇效无遗憾。

2020.02.15

【注释】

　①张机，医圣张仲景。

菩萨蛮

欣闻中医治疫立功

皇冠病毒何其渺，
九州害命知多少？
望月问吴刚？
奇方仲景量！

飞驰呈急计，
辩证祛邪贵。
华夏众神农，
行仁施妙功。

2020.02.13

卜算子

夜诊

七秩白头翁，
善本银针蓄。
调脉通经老艾雄，
恶疾全神逐。

033

凉月夜归朦，
静坐灯前祝。
玄奥精深我可通，
若秉灵犀烛。

2019.11.04

清平乐

贺十三行国医馆建馆十五周年

悬壶济世，
座右铭恒记。
十五春秋成大器，
薪火相传磨砺。

并肩同举燃犀，
慈航辩察迷离。
一馆精诚疗疾，
杏林骀荡春晖。

2020.12.12

034

诉衷情

针灸

神定，针正，陈艾炯，辨虚盈。

疗杂病，临证，杏林耕。

握虎履冰行，兢兢。

燃犀霜鬓明，夕烟馨。

2020.07.13

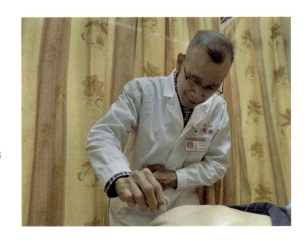

作者在广州十三行国医馆工作照（2021.12）

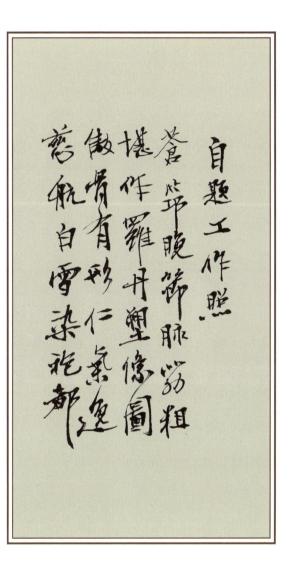

自题工作照

苍茫晚节脉犹粗

堪作罗丹塑像图

傲骨有珍仁气逸

慈航白雪染袍襦

小重山

野性

野性难忘最喜山。古稀情未了，更缠绵。攀岩与鸟共翩翩。皤发矣，笑靥记童年。

咏侣顾云端。听泉烹茗坐，免参禅。唯将霞彩缀成篇。青囊载，雀跃返诗园。

2021.06.27

沁园春

许以冠博士贵府雅集记

雅室宽容，座绕书香，画逸艺光。聚斯文墨客，诤言典雅；高朋笑靥，赐玉铿锵。古语绵延，新潮续远，正是轩昂铁臂扛！齐声颂，若春风驰荡，岸柳轻扬。

清音高上端梁。似紫燕翩翩还故乡。把诗情画意，筑巢眷恋；唐风宋韵，吐唾装璜。赤子雄心，华文智脉，知己相逢茗更芳。娘家酒，请豪斟畅饮，互祝安康。

2020.01.07

【注释】

　　许以冠博士府上雅集朗诵了《痴竹诗集》如下诗篇：《知音》《妙语》《逍遥铭》《中医素描》《仰望国医大师邓公铁涛远行》《指挥家》《贝多芬第七交响曲》《帕格尼尼》《山色有无中——忆赵无极抽象画展》《童年杂忆·学泳》《希腊唱和·干杯》。

西江月

聆听意大利作曲家帕格尼尼〔PAGANINI〕小提琴协奏曲随想

谱曲笔生天马，
操琴音召神灵。
海涛协奏彩云兴，
醒世纵横雄咏。

041

情若水深藏月，
艺能山远传声。
古弦一响一城倾，
天籁澄心共听。

2020.08.03

西江月

听龚一演古琴曲

远岳松疏云薄，
闲庭竹茂花馨。
清风缓缓抚琴声，
化物无形心正。

弦断林惊山裂，
剑寒风冽雷兴。
春秋侠客古幽灵，
浩气名琴唤醒。

2020.08.04

西江月

聆赏两位音乐朋友四手联奏钢琴名曲

皓发星光相映，
钢琴诗语同吟。
高山流水遇知音，
共采霞光织锦。

043

长忆水城舟荡，①
今听琴韵情深。
奇缘音画故人临，
一笑相逢幸甚。

2020.08.10

【注释】
①年长者是梁先生，数年前游威尼斯时，曾同乘"贡都拉"览胜。

西江月

"十香园"参谒
"春睡三老"感怀

《源远流长》杰作，
松高云瀚雄风。
"黎家山水"昔亲逢，①
今谒"香园"再颂。

"春睡"耆英联展，
"岭南"晚岁归宗。②
关山月照大师容，
三位奇才龙种！

2020.01.10

【注释】
①当年予有幸在"中国大酒店"瞻仰黎雄才绘《源远流长》。
②"春睡三老"指司徒乔、黎雄才、关山月，在"岭南画派纪念馆"联展。予亦幸谒。

西江月

巴黎圣母院游记

古殿钟鸣圣意，
花窗画诲民心。
参天三塔听神吟，
海市蜃楼极品。

045

百座浮雕可赏，
千秋使命难任。
慕名万国客登临，
仰额愯然汗沁。

2019.12.13

西江月

白云山九龙泉

雾绕岩藏途迥，
风生水起泉清。
临崖品茗古今评，
野鹤闲云任听。

笑顾朝阳篁影，
犹添晚岁痴情。
龙涎盏盏赋词倾，
击节凭栏和磬。

2019.10.30　兰圃

西江月

听二胡独奏
《二泉映月》

望月清泉相焕，
双弦古曲缠绵。
秋山落叶问婵娟，
听懂痴心一片？

玉魄行云随韵，
声流漾影寻仙。
空谷雾海出青莲，
最是禅音幻变。

2019.10.29

西江月

听大提琴曲《殇》感怀

身献缪斯无悔，
情如艺海何深。
琴声滴血出诗心，
生命甘为祭品！

裂石穿云长啸，
刻心刮髓孤吟。
弦音未尽泪沾襟，
满目星光凛凛。

2020.08.25

西江月

读吴兴华译莎士比亚《亨利四世》感怀

刀笔皇冠挑战，
莎翁史剧登堂。
宫庭市井与沙场，
幕幕诙谐笞杖。

译者英年身逝，
文豪百代名扬。
古今异笔墨同芳，
碧宇双星仰望。

2020.09.06

【注释】

《亨利四世》，是莎翁史剧的巅峰。译者吴兴华深得钱钟书赞赏。1952 年，三十出头便任北大西语系英语教研室主任。其翻译的莎士比亚的《亨利四世》(1957年出版)，和但丁的《神曲》，被翻译界推崇为"神品"。可惜于1966 年逝世。

忆秦娥

埃及金字塔

秋阳沐，
参天墓塔缘何筑。
缘何筑，
逝王明智，
梦长生宿。

盘根野莽斜垣秃，
奇观后世谁能读。
谁能读，
鲁班眉皱，
易经难卜。

2019.10.26

忆秦娥

听《伏尔加河船夫曲》

江涛烈，
长歌驭楫心如铁。
心如铁，
险途何惧，
曲高人杰。

风狂浪恶漩涡叠，
情豪声振长空裂。
长空裂，
鬼神同泣，
撼山鸣节。

2019.10.25

梦江南

远方

霞客乐，
汲海入青囊。
绝岭星云伸手采，
童颜雪鬓插花香。
挥杖出诗扬。

2019.10.16

053

破阵子

聆听贝多芬小提琴奏鸣曲《春天》随想

玉键铿锵起舞，古弦雀跃兴怀。曲水波扬情愫远，晓岳阳升云雾开。春风骀荡来。

雨洒幽林广野，鸟啼柳岸长阶。紫燕呢喃归故宅，音漫书斋馨欤谐，缪斯伴老腮。

2021.06.06　兰圃

十六字令

山

（一）

山。绝顶英雄坐憩闲。

昂头啸，世外有人间。

（二）

山。险绝珠峰勇士攀。

天中立，笑戴雪冠还。

（三）

山。寺磬低回雾海间。

峥嵘露，日出更娇蛮。

十六字令

云

云。聚散纵横劲笔耘。
阴晴驭，碧宇赋缤纷。

长相思

游蓝色多瑙河

幼听歌，老听歌，
梦里常游多瑙河。
蓝波白鬓过。

七秩歌，八秩歌，
咏舞船游多瑙河。
娇阳白鬓摩。

2019.12.13

匈牙利布达佩斯多瑙河（2017.07）

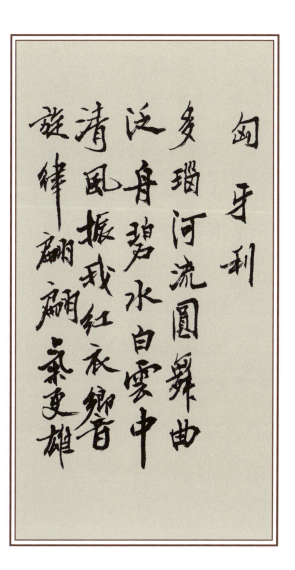

匈牙利

多瑙河流圆舞曲

泛舟碧水白云中

清风振戒红衣鄉音

旋律翩翩柔更雄

长相思

写竹

汝身修，我身修，
楮墨为媒赠绣球。
檀栾折节求。

好云游，远云游，
落雁惊鸦凤翅柔，
形神信笔讴。

2019.10.17

长相思

兰围

竹倚兰，石倚兰，
三径通幽瑞气漫。
莺啼四季欢。

云休闲，榭休闲，
壶煮乾坤生偈烟，
散人懒悟禅。

2019.10.17

长相思

柏林墙

一柏林，两柏林，
墙矮东西割裂深。
血亲难访寻。

细雨霖，冷雨霖，
千幅涂鸦梦影深。
残垣万客临。

2019.10.16

长相思

聆《听雨曲》

夜深沉，曲深沉，
慢拨琴弦细语斟。
襟前故友临。

听诗音，醉诗音，
带雨回旋润老心。
天真我自寻。

2019.10.15

长相思

草庐

野叟居，智叟居，
山鸟晨鸣未起梳。
荆门雾结珠。

午蛀书，晚蛀书，
见小惟求世外虚。
荒江懒钓鱼。

2019.10.16

菩萨蛮

半山亭

碧檐雾绕临危径，
云携客至苔阶静。
远眺海浮空，
低吟山应重。

泉鸣闲坐听，
闻磬心尘净。
仰首慕翔鹰，
徘徊思右丞。

2019.10.15

虞美人

紫砂名壶缘

沏茶最妙山泉水，
壶数宜兴贵。
曼生①铭语助参禅，
坭彩缤纷紫赤若霞烟。

景舟②指路名壶览，
故旧灯前站。
红颜古朴遇知音，
惊艳孟臣③天赐泪沾襟。

2020.02.10

【注释】
①曼生，陈曼生。明代紫砂壶设计及题铭大师。
②景舟，顾景舟，当代制作紫砂壶泰斗。
③孟臣，惠孟臣，明末制壶大师。

思帝乡

高致

兰圃游，
步幽诗境求。
水榭烹茶香袅，
共风流。

咏侣赓酬续句，
意相投。
齿缺情何缺？
乐忘忧。

2020.02.09

太常引

过英国牛津大学城

开明城府大师留，

学问古今修。

斑驳旧楼稠。

绿荫下、书香更幽。

辉煌百代，

牛津广博，

莘莘大端流。

蕴藉度春秋。

临胜地、平生愿酬。

2019.12.18

英国牛津大学城（2015.08）

太常引　过英国牛津大学城

闻明城存大师留学问古今修
樱矮此高谋绿荫不书香更幽
辉煌百代生津广博荟萃大
端流疆藉渡青秋过旷地平
生愿酬

临江仙

游巴黎塞纳河记

雨霁天云追浪漫，
舫兴水彩缤纷。
梧桐飞叶乐迎宾。
仰瞻"圣母"，
望"奥博"迷魂。

铁塔蘸云挥颖下，
碧河当纸行文。
古桥如画夕阳熏。
酣游"塞纳"，
晚岁不黄昏。

2019.12.16

【注释】
　　"圣母"，巴黎圣母院。"奥博"，奥博艺术博物馆。"塞纳"，塞纳河。

忆王孙

蜻蜓

蜻蜓点水戏红荷，
振翅轻灵碧叶过。
知否当年小阿哥，
坐堤坡，
被汝迷魂暑汗多。

2019.12.05

念奴娇

埃及行

碧河浩瀚，贯南北长颂，先民奇迹。垒石参天金字塔，云里方尖碑立。法老狮身，高崖傲对，日月流星客。建卢克索，①众王千载不息。

留连胜境求知，愕愕昏昏，玄奥愁难识，幸有念奴娇语唱，为我此行生色！原始家园，悬空城堡，王墓千存一。白云苍狗，史前今日朝夕。

2021.04.28

【注释】
①即卢克索神庙。

蝶恋花

登太行山"王相岩"

敢踏天梯沿壁陡。
汗洒浮云，
伴我唯飞鹫。
俯赏群峦披绿皱。
登巅脚遇寒风抖。

为品天池重抖擞，
放浪形骸，
古道崎岖走。
醉饮飞流千尺酒。
归程笑看云归岫。

2019.11.05

卜算子

斗纸鸢

太古码头边，
白发还童愿。
笑靥迎风妙计兴，
红绿飞鸢战。

手足舞翩翩，
胜负无相怨。
问询年龄答不知，
汗沐逍遥汉。

2019.11.03

清平乐

谒丹麦首都安徒生像

心香缱绻，
皓首躬身献。
万里航程还大愿，
幸靠羸躯尚健。

铜像斑驳弥坚，
高文道义担肩。
冷暖人间阅历，
童心妙笔生莲。

2019.11.02

浪淘沙

埃及狮身人首像

俯卧察红尘，

法老狮身。

神刀鬼斧塑如真。

碧宇黄沙金字塔，

目护魂巡。

令万帝称臣，

爪下为宾。

先民艺术古迷津。

得意忘言传百代，

日月为邻。

2019.10.31　太古仓码头

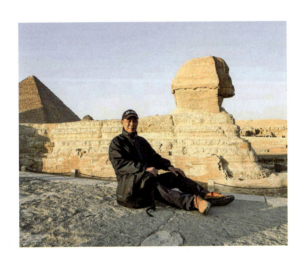

埃及（2016.12）

埃及

法老狮身谜尚存

公元金字塔黄沙

古稀揽胜溯桑悟

察礦無言笑属嘉

浪淘沙

读王羲之《兰亭集序》

雅士会兰亭，
翰墨留馨。
流觞曲水醉文星。
半醒游龙书圣序，
隐逸奇灵。

后世慕其形，
奉若真经。
群贤毕至仰高明。
望族行文何所似，
雨霁天青。

2019.11.01

采桑子

潜红海

闲观碧浪游轮坐，

座绕飞鸥。

仰问飞鸥，

何处摩西杖断流？①

深潜赤膊珊瑚下，

学子寻幽。

逐梦寻幽，

一片痴心海里留。

2019.10.24　太古仓码头

【注释】

①据《出埃及记》，摩西带领以色列人逃离埃及返国时，遇红海，投杖断流，功成。

采桑子

汲泉

岩高雾冷泉流急，
击石鸣琴。
峪旷清音，
百鸟春归墨客临。

083

攀云负笈青襟湿，
步韵轻吟。
七秩童心，
漫品名泉古木阴。

2019.10.23

人月圆

造化

古桥新月兰香绕，
树鸟梦谁知。
莲酣露静，
篁修水映，
尽合天机。

风行水面，
婵娟醒靥，
漾晕涟晖。
竹弹翠玉，
荷摇绿盖，
造化神奇。

2020.05.29

眼儿媚

浮标灯

灯闪灵光导舟航，
弄水赋华章。
投蓝漫浪，
沉荧酿彩，
独写沧桑。

严遵韵律如星烁，
履职一宵忙。
明心警楫，
劝舟避险，
在水中央。

2020.05.25

江城子

远游

机航万里海云间。

瞰蓝漫，

赏棉山。

紫微幻渺，

乘客似神仙。

老燕竞生鸿鹄翅，

辞故里，

越洋翮。

2020.05.30

定风波

探希腊爱琴海

弦浪舟弹碧海情，
轻云岫出岛连横。
神话鸥鸣皤发听，
长敬，
正襟忘帽孟嘉铭。

探赜天成蓝洞险，
遗憾，
潮高风急楫帆惊。
怀兴古稀难尽览，
狂喊，
击舷和海爱琴声。

2020.06.04

浣溪沙

曾长航教授画室聆听
古典音乐并欣赏其
油画即事

厚彩雄峦架上图，
野蛮古朴笔刀苏，
峪深绿黛赋灵虚。

古曲弦声融画意，
豪情笔触唱诗余。
酒红茶老配巴菰。

2020.06.09

解佩令

远游记

闲游四海，肩披霞彩。

泳蓝湾、潜探红海。

敬仰冰川，紫气萦、

高崖奇态。

涌甘泉、白云碧霭。

青囊风采，途闻天籁。

赏尼罗①、星流豪迈。

法老狮身，似我问：

吾谜何解？

把筇扬、傲吟应怪。

2020.07.08

【注释】

①尼罗，尼罗河。

谒金门

增城山中奇潭记

登云岭，
枯叶厚苔荒径。
俯瞰碧潭无底井，
石投涟浅应。

绳坠测深难证，
木落自沉旋影。
寒气逼人离恶境，
鸟啼山越冷。

2020.07.10

谒金门

夜渔记

鱼网洒，
星落野江如画。
逾矩垂纶真亦假，
子牙非我也。

起网锦鳞云下，
月照皤然高雅。
怀兴得鱼渔兴罢，
不筌鱼尽舍。

2020.07.11

沁园春

庄子

独驭飞雕，碧宇心怀，浩瀚影飘。笑人间礼教，巧言沉浊；坎中蛙类，虚语鸣刁。守志存身，抱真脱俗，不慕千钟鄙舜尧。纵横论，傲百家诸子，历代王朝。

卮言日出昭昭，胜似解牛庖丁运刀。赞参天散木，不材延寿；用心佝偻，练巧承蜩。槃礴灵台，漆园小

吏，振铎人间仁义嘲。豪言博，若汪洋自淼，浩浪情高。

2020.11.27

风入松

广州美术学院曾长航教授油画欣赏

登高油彩洒群峰，挥笔自从容。顽岩挺拔云生处，层林静、古道迷踪。飘渺飞桥连塔，画中外接苍穹。

触情忘俗乐山中，振翮画长空。神来笔笔生花妙，天人合、物我相融。赏画澄心忘象，眼前才俊高风。

2020.08.14

沁园春

恩师梁公念宗敬颂

八秩梁公，返朴归真，敬祖念宗。更高瞻远瞩，苍颜厚道；深谋睿智，雪鬓宽容。翰墨丹青，诗词和唱，富大儒函丈古风。桃李育，洒一腔热血，两袖清风！

初中苦读三年，谁信是恩师暗助中。忆愚顽瘦馁，愁钱问学；慈悲任侠，私赠惟公。民国元培，春秋孔子，源远流长师道同。披衣起，托词牌再颂，弟子三躬。

2019.11.27夜

归自谣

航机上

游子梦，玫瑰缤纷云上种。

背囊满载流星动。

097

葡萄美酒航天纵。

诗潮涌，倾情万里知音奉。

2020.07

西江月

喜糖

己亥秋，予在兰圃校勘《痴竹诗集》时，结缘一对爱好诗文的年轻诗侣。之后，不断切磋诗艺。昨天在医馆，乐闻他俩新婚并幸受寄赠喜糖。谨奉拙词酬谢。

赏茗忘年诗会，
修缘得意唐风。
秋金染发更从容，
兰圃三人倾颂。

微信勤当鸿雁，
喜糖寄惠郎中。
遥观比翼共翔空，
玉笛祥云轻送。

098

2020.07.29

西江月

与崔日辉老师茶叙记

问字三年未见，
识荆今日忘年。
诗文雅正寓谈天，
挚友诲人不倦。

墨宝寄情励志，
春晖沐草开颜。
相交如水慕先贤，
夕照明心赋善。

2020.01.13

忆秦娥

悼诗友老翁

流星落，
长空划破明川岳。
明川岳，
留踪故土，
咏坛奇璞。

文章自古憎闻达，
英才天妒情何薄。
情何薄，
今君早逝，
听谁鸣铎？

2020.01.19

十六字令

赠挚友老韩

真。举案齐眉晚岁珍。
桑榆茂，祝福有情人！

2019.11.06

长相思

广州市第一中学校庆

七十龄，八十龄，
学子归宁叙旧情。
师恩共忆铭。

手尚灵，脚尚灵，
两鬓霜凝岁月经。
桑榆晚照晴。

2019.10.27

减字木兰花

霞客夜话

五洲漫品，
四海一壶烹茗饮。
月伴星临，
赐我灵犀雪鬓簪。

少年狂梦，
老效坡翁长啸颂。
浩气音雄，
玉漏藏声笑语中。

2019.11.18

意大利威尼斯（2015.08）

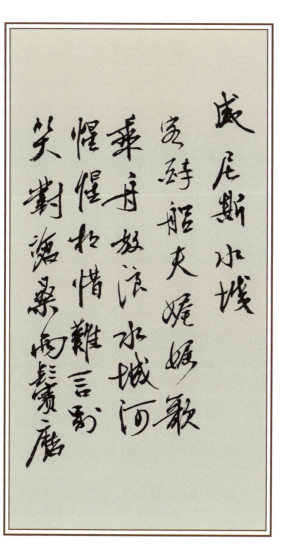

感尾斯水城
家辞舫夫娓娓歌
乘舟放浪水城河
惺惺相惜難言說
笑對滄桑兩鬢磨

西江月

中秋家宴

三代佳肴同味，
两孙稚语扬威。
高谈弟撰妙文时，①
长辈闻雷灌耳。

圆月晕生虹彩，
阖家仰赏云姿。
珍馐既品又含饴，
难寐阳台词记。

2020.10.02

【注释】
　　①妙文，是孙子撰写的《我家是个动物园》，将自己与父母、姐姐及祖父母"形象"成海豹、孔雀、帝企鹅、独角兽以及羚羊和小野牛。

长相思

清明节

古稀儿，发稀儿，
遥祭严慈泪染诗，
心香上紫微。

107

小书痴，老书痴，
两辈清明再说词，
切磋灵感知。

2020.04.04

减字木兰花

孙儿装砌千三部件
"乐高"机械人

千三聚爱，
装砌模型新一代。
初缀难谐，
暂放床边睡伴腮。

心无外念，
早起重将机械嵌。
手眼灵通，
筹运功成一啸雄。

2019.11.07

解佩令

野性童年

童年故土，田园朝暮。

外婆聋、长孙如虎。

野陌纵横，任鲁莽、

雨风难阻。

好蜻蜓、捕蝉上树。

109

亲缘草木，观星自语。

灶虾①寻、螳螂为伍。

独坐塘边，执石划、

路人停步。

问何文、答"名"我署。

2020.07.09

【注释】

① "灶虾"者，灶头处的小蟋蟀。

沁园春

《痴竹诗集》出版述怀

或问郎中，何乐吟诗，又爱学词？是儒医互沁，古今无异，仁慈共勉，家国同思。一念冥冥，清心耿耿，听雄鸡报晓啼。述而作，敬先贤笔法，现代珠玑。

纸陈眼老书迟。谁信有，忘年挚友师。幸程门立雪，参禅问学；兰亭

品茗，醒悟明几。皓发垂
襟，诗文付梓，寸草春晖
上架时。唯铅字，令中华
文脉，日月同辉。

2020.01.21

沁园春

《痴竹诗集》侧记

七秩诗童，学道忘年，数典问宗。尚程门立雪，鸡鸣未歇；笠翁对韵，棒喝开蒙。步乱书山，舟迷艺海，幸得谆谆指教丰。兰圃憩，晤王维老子，寄语情浓。

天涯海角留踪。有太白东坡赠笑容。揽诗情画意，名城史迹；闲云野鹤，险岭长空。触景兴吟，推杯击掌，正是龙传大国风！磨端砚，把书生雅趣，翰墨归公。

2019.11.25

西江月

敬致诗友

皤发飘香翰墨，
顽童负笈林泉。
书山乱叠砚池边，
明月西窗漫卷。

醉仿元龙自咏，
醒看秃笔堪怜。
涂鸦满目集诗篇，
最幸醍醐顶灌。

2019.12.20

西江月

"古玺"记

"痴竹"闲章罕见，
平民古玺①奇闻。
图形返朴出缤纷。
若我朝阳雪鬓。

不慕功名世俗，
惟崇淡泊天然。
春秋秦汉石纹湮。
《诗集》轻钤寄愿。

2019.11.13

【注释】
　　①玺，印章也。古者尊卑共之。秦以后，天子独以印称"玺"。"痴竹常乐"闲章，昇阳老师是按"古者尊卑共之"之形制而治也。

西江月

付梓惜记

"四阅"①初逢阅稿，
兰亭细校谋篇。
唯诗是敬共忘年。
函丈辞严意善。

千载白云野鹤，
五洲沧海危山。
纵横翰墨砚归闲。
一卷丹青灿烂。

2019.11.12

【注释】
①"四阅"，海印四阅书店。

西江月

三临出版社

审校存疑再议，
琢磨解惑三临。
诗人编辑坦诚斟，
数典寻宗织锦。

117

一集深情问道，
诸师雅玉操琴。
何当付梓奉知音，
剪烛西窗共品。

2019.11.11

虞美人

墨竹画配《诗集》

龙涎①入墨挥毫醉，

人竹相逢喜。

玉枝柔展翠冠簪，

诱得白云俯首顾笺临。

迎风倩影何高贵，

待字惟诗配。

西窗剪烛谒高贤，

如愿端庄古朴伴诗言。

2020.02.09

【注释】
①"龙涎"，白云山九龙泉水。

第二章

格 律 诗

父親頌

笑將襁褓護兒身
淡飯粗茶當佰人
睿智明燈申且伴
巖明座右勝三春

七绝

父亲颂

笑将褴褛护儿身，
淡饭粗茶岂俗人。
睿智如灯申旦伴，
严明座右胜三春。

2021年父亲节

憶家慈

針黹劬勞禮義裁

焚膏當燭照書臺

頑兒七秩思庭訓

心卅也逢甘露栽

七绝

忆家慈

针黹劬劳礼义裁，
焚膏当烛照书台。
顽儿七秩思庭训，
心草老逢甘露栽。

2020.05.10　母亲节

124

作品名称：雨竹
尺寸：67cm × 84cm
材料：纸本水墨

七绝

父爱

先严遗训导慈航，

处药行针艾灸香。

坎坷诗途常仰止，

如山铁汉勉儿郎。

2019.06.16

七绝

夏至忆父

夏至枝燃红荔火，
蝉鸣小暑树头空。①
忆随祖母临园摘，
笑倚家严汗背中。

126

2020.06.21

【注释】
　　①农谚言荔枝果期为"夏至枝头红，小暑树头空"。

七绝

兰圃水淹诗记

诗随雨瀑漫天来，
水淹兰亭笑靥开。
恣意炉烹甘与苦，
斟茶三盏敬春雷。

2020.06.07

七绝

步羊城居士韵

山居逸士颂梵音，
野老行歌伴素琴。
黄鹤白云千载舞，
伯牙携手子期临。

2020.06.06

七绝

冬晴兰圃

树赋朝霞草镀金，
竹移碧影浅池临。
骄阳应约兰亭晒，
对坐忘言醉鸟音。

2019.11.30

七绝（四老联诗）

春雾（痴竹客）

远眺轻云入看无，

（痴竹客）

密林深处酒难沽。

（木子）

论诗邀友悠闲品，

（大连）

胜饮甘泉倍觉殊。

（笑谈中）

2019.02.28

130

七绝（四诗友"斗诗"）

远方（痴竹客）

咫尺天涯妙句连，

（痴竹客）

清风两袖一诗牵。

（百悦生）

心声律韵山回响，

（大连）

意气相同百合联。

（木子）

2019.02.15

七绝

兰圃邂逅

校勘诗篇意未穷，
新朋邂逅似熏风。
莫愁兰圃无知己，
一盏清茶古味丰。

2019.12.08

七绝

饕餮记

刀裁牛舌品西餐，
银雪名鱼煎上盘。
生菜蒜蓉香醒脑，
斯文饕餮伴幽兰。

2020.04.09

【注释】
　和李慧儿、黄政致用膳兰圃绿岛西餐厅。

七绝

风竹

乐与天公同抖擞，
万竿齐动和风歌。
碧冠潇洒扬甘露，
凤翅腾飞响玉珂。

2020.08.19　兰圃

七绝

广州兰圃芳华亭

金冠修竹荫芳华，

池浅石疏云织纱。

彩羽绕亭啼若问，

谁人虚位待方家？

2020.08.28　兰圃

七绝

步木子《看电影〈八佰〉观感》韵

浴火重生八佰魂，
"四行"鏖战恶倭吞。
"精忠报国"男儿誓，
血化硝烟浩气存。

2020.09.07

原玉

看电影《八佰》观感
木子

铁血丹心铸剑魂，
缘槐蚂蚁岂容吞。
正规阵地军威壮，
万代名扬史籍存。

2020.09.07

七绝

秋篁

碧叶鎏金竿更秀，

和风龙笛振山幽。

凌空何似中秋夜？

冠戴婵娟素节侯。

2020.10.03

七绝

又游兰圃

春风散发独行吟，
幽径何曾晓我心。
樟木高擎临寂寞，
修篁婀娜共鸣琴。
兰香拂鬓人何老，
鸟语开眉梦更深。
水榭观鱼鱼仰颚，
知音含笑唔知音。

2020.03.12

139

七律

秋园落叶

如蝶缤纷各展姿，
夕阳同映顺天时。
且看故木留痕处，
犹恋风流育老枝。
今对秋风无奈舞，
惟巡幽径尽情移。
香兰修竹寻根落，
不息生生一若诗。

2020.09.19

七绝

背影
——题4月8日《广州日报》载钟南山院士照

暮色迷蒙八秩翁，
倦姿铁背荷山隆。
无双国士凡人也，
合十祈天赐寿丰。

2020.04.10

七绝

武汉解封铭

抗疫封城维国运，

轩辕哲嗣最担当。

春归雾散通衢启，

扬子江涛纪痛殇。

2020.04.09

七绝

与国医馆同仁共勉

闲居吐纳气悠然，

信祝同仁寄碧天。

益火之源防恶疫，

阴霾最怕灸丹田。

2020.02.05

七绝

遥诊

居家应诊靠"私微"，
舍脉遥闻问病机。
湿疹失眠痰核症，
医缘互信旧方依。

2020.02.06

【注释】
　　医馆停诊，病人旧病微信求方，如是应诊。

七绝

聆听《柳叶刀》主编理查德·霍顿与白松岩对话感怀

惺惺相惜大家谈，

抗疫纵横万国探。

扬正抑邪评得失，

神州善政为民安。

2020.05.04

七绝

大医李文亮

惊天醒世发言真，
欲拯江城岂顾身。
"央视"环球沉痛悼，
大医取义已成仁。

146

2020.02.18

七绝

中流砥柱

岐黄抗毒立中流，
砥柱擎天护九州。
研发"疫苗"求道急，
神农国药建功道。

147

2020.02.15

七绝

天问

天问人间谁冷漠？
英才夭折在征途。
大夫忠告"皇冠"毒，
却昧良心训且诬。

2020.02.08

七绝

遥助

同群共勉白云知，

庚子非常抗疫时。

报国书生何为计，

撰诗遥助逆行师。

2020.02.06

七绝

为武汉医护祈祷

智勇双全祛毒霾，
精诚为国苦形骸。
慈航天助功成日，
牵手家人笑逛街！

2020.01.28

七绝

夜诊许以冠先生即事

博士医缘针艾结，

循经辨穴脉筋修。

但求桴鼓相谐应，

月照丹青健腕留。

2019.09.15

七绝

张继先大夫赞

大医慧眼胜燃犀，
厉疫源头揭毒谜。
细语雷霆天醒世，
驰驱征恶胆肝提！

2020.02.03

七绝

题中药性味

甘守苦坚辛胜酸，
咸沉淡渗下焦欢。
神机素赖升谐降，
气立安危出入观。

153

2019.07.22

七绝

冬虫夏草

畏寒深蛰未逢冰，
闻雷沐雨绿苗兴。
夏虫冠戴秋来寂，
三季一生犹自矜。

2020.07.15

七绝

忝列十三行国医馆
"教师节"带教专家
座谈会并发言有怀

幸得烛高师诲时，
神农探赜苦谁知。
书山跌宕岐黄问，
恒将夕照续晨曦。

2020.09.11

155

七绝

医馆下班候车咏

巴菰一吸胜神仙，
化倦舒怀小站前。
忘却银针同艾炷，
悠悠引领吐霞烟。

2020.09.29

七绝

沙面·兰桂坊夜宴即事

医护喜临兰桂坊，

觥筹交错诊劳忘。

同壕战疫三生幸，

矢志平安卫故乡。

2020.11.20

七绝

国医馆乒乓球杏林杯参赛元老组即事

老将小兵球艺嫩，
宝刀旧锈阵前磨。
开弓左右弦难尽，
竟获银牌笑又歌。

2020.12.23

五律

辛丑有寄

国史新篇展，

神州幸运旋。

疫苗扶正气，

中药保晴川。

世界霾云散，

人间博爱联。

林泉高致寄，

四海共婵娟。

辛丑年正月初二

159

七律

敬畏自然

"人定胜天"人自鸣，

江河未见倒流惊。

自然万物应尊重，

人类三思毋妄行。

病毒或藏林里蝠？

"新冠"今染国中城。

心怀敬畏真唯物，

正气常存抗体生。

2020.02.03

七律

奇谋颂

"新冠"毒虐似疯牛，

万国萧条政要忧。

浩劫当头封武汉，

奇谋敢下是神州。

军民抗疫同甘苦，

衣食统筹相助求。

决战无烟兵将烈，

春回华夏大方舟。

161

2020.03.22　兰圃

七律

敬畏自然

瘟神旧冕换"新冠"，
嗜食"野生"①疑祸端。
散毒攻城危万国，
隐形害肺治千难。
疫苗尚试医军至，
天火高擎大地安。
祈愿功成人类悟：
自然敬畏胜仙丹。

2020.03.04

【注释】
① "野生"，野生动物之简称。

七律

遥贺新西兰广州中医药大学校友会成立

思邈慈航赴远洲,

天人合一大医谋。

精诚后学岐黄继,

仁厚先师血脉修。

草木寄情施妙手,

艾针辩证逐顽愁。

新西兰岛英才聚,

一赋长歌国粹讴。

广州中医药大学校友,十三行
国医馆医生莫礼荣(痴竹客)恭奉
2019年8月5日 广州兰圃

七律

庚子回眸

身逢国难匹夫当，
雪鬓家居职未忘。
微信求医遥辩证，
医缘致效近临场。
诗文怒伐新冠恶，
祷语诚祈国士康。
幸返诊堂针艾秉，
回眸一笑又慈航。

辛丑年正月初一

164

七律

梅花针咏

名冠梅花岂等闲,

慈悲化育杏林间。

循经敲穴春风伴,

化巘通灵正气还。

小巧精诚疗杂症,

便廉古朴克难关。

柔杆抖擞天行健,

焕发红颜去垢斑。

165

2021.09.09

七绝

文若黄山

——读陶青先生黄山游记即兴

文彩纵横巾帼笔，

披肝霞客踏霜行。

须眉敬仰图文配，

绝岭古松云海生。

2020.04.20

166

七绝

日常
——读广工江衡教授《历史巨轮中个体的日常》有感

幽居望海浪茫茫，
最美群鸥展翅翔。
省悟自由今日贵，
何当疫弭沐霞光？

167

2020.02.28

七绝

读刘思翰诗词

一别卅年诗再连，

云山论道忆君贤。

何当座下聆高见，

夕照温熙翰墨鲜。

2020.05.13

七绝

拜读聂翁绀弩诗

笔下雷霆振岳生，
彗星未坠月难明。
忠魂抖擞荒原唱，
堪胜王维使塞声。①

2019.06.15

【注释】
　①王维诗《使至塞上》。

七绝

端砚

深坑古石巧工雕，

发墨研诗玉管邀。

咫尺风流吟百代，

纵横万里伴笺聊。

2020.06.19

七绝

读帖有感

赤子老哥黎子流，
普通粤语悦神州。
童心八秩何曾老，
一表憨然举止优。

171

2020.06.30

七绝

读羊城居士
《望江南》偶感

文炀两帝史难忘，
开凿长河举国伤。
坐食山空天地怨，
水翻舟覆大隋亡。

2020.08.22

172

七绝

风采依旧

风霜雕刻额纹优，
采字植诗山里游。
依谱灯前敲老砚，
旧头古脑故人俦。

2020.09.07

七绝

读澳门诗友
《湃阳诗词》随笔

湃湃松涛楮墨间，
阳阳君子赋南山。
诗追五柳云归岫，
词有坡翁放逸颜。

2020.09.27　广州

七绝

万岁！志愿军魂！

军魂异国化冰雕，

卧雪持枪对寇瞄。

万岁河山忠烈记，

长津湖畔马雄骁。

2020.12.01

175

七绝

茶马古道

茶香逸隐晓霞中，

驭马巡峦铁汉雄。

古径幽林山涧渡，

道留杖印伴苍松。

2020.12.15

七绝

恭贺罗老永佳
《中医临证探微》出版

手足胼胝开橘井，

无私济世是家风。

程门立雪多才俊，

临证探微老益雄。

2021.08.21

【注释】

罗老是省名老中医，十三行国医馆名誉馆长。

七绝

读《纳兰性德诗词》

乐府三番敬纳兰，
更怜高处不胜寒。
奇才天妒英年殁，
性德幽魂不忍看。

2021.08.26

七律

人类同舟
——读《人类简史》作者新作
《冠状病毒之后的世界》感怀

抗疫临危人类事，

无分国族共方舟。

相依唇齿应怜惜，

互助舵帆征险忧。

四海一家为手足，

五洲同道泯恩仇。

征途淼漫阴霾恶，

胜算全凭大爱修。

2020.04.08

七律

首都国庆阅兵观感

雄躯重器铸长城，
浩气如虹碧宇清。
方阵山呼迎国庆，
铁流涛动出兵营。
倚天宝剑初心护，
震旦威仪信仰生。
梦里复兴今日现，
三军受阅表忠精。

2019.10.02

七律

读叶嘉莹《说初盛中晚唐诗》

报国诗宗李杜魂，
纵横捭阖古今援。
尊崇感发真情致，
更敬随兴直谏喧。
敢颂天才离格律，
可怜俊杰隐荒村。
谁堪耄耋江东唱，
菊洒易安羞泪痕。

2019.06.11

181

七律

七·七铭

汉卿兵谏汗青留，

敌忾同仇护九州。

正面战场忠骨烈，

中流砥柱国魂修。 ①

军民血肉长城筑，

国共精英大略筹。

八载吴钩倭寇砍，

受降傲上密苏舟。 ②

2019.07.07

【注释】

①中共是抗日的中流砥柱。

②中国代表登上密苏里舰受降。

七律

端午怀古

"离骚"长啸大江横，
"天问"涛扬屈子声。
故国"九歌"神鬼泣，
"楚辞"一赋古今评。
洁身赴水朝堂别，
明志吟诗北斗倾。
将相王侯谁有种？
幽兰百代咏坛生。

2020.06.25

183

七律

《庄子》奇寓录（一）

身化翩翩蝴蝶梦，①
濠梁庄惠辩知鱼。②
蛙生坎井难明海，③
虫说寒冰必务虚。④
依理庖丁游刃顺，⑤
望洋河伯叹闻淤。⑥
斫轮老者心存数，⑦
匠运斤风鼻垩除。⑧

2020.11.28

【注释】

诸句内容按注序见于《庄子》如下各篇：
①齐物论，②秋水，③秋水，④秋水，
⑤养生主，⑥秋水，⑦天道，⑧徐无鬼。

七律

《庄子》奇寓录（二）

振翼鲲鹏得自由，①
解衣般礴绘图优。②
杏坛孔子听渔父，③
车辙鲋鱼求海流。④
剑剑悟王离险恶，⑤
跫跫响峪慰孤幽。⑥
邯郸学步爬行返，⑦
全德雄鸡似木头。⑧

2020.11.29

【注释】

八句按注序见《庄子》之篇目：

①逍遥游，②田子方，③渔父，④外物，⑤说剑，⑥徐无鬼，⑦秋水，⑧达生。

七律

《庄子》奇寓录（三）

先王旧籍岂真经，①

见得螳螂却露形。②

刻意而为非圣德，③

效颦自丑是妙龄。④

美人自鉴难明美，⑤

冠冕不求方谓醒。⑥

父子相亲仁虎也，⑦

大音无乐至诚馨。⑧

2020.11.30

【注释】

八句按注序见《庄子》之篇目：

①天运，②山木，③刻意，④天运，⑤则阳，⑥缮性，⑦天运，⑧至乐。

七律

《庄子》奇寓录（四）

大觉方知原是梦，①

不言之教可心成。②

孔丘说盗寻奇辱，③

无鬼劳侯送警声。④

再仕千钟蚊雀小，⑤

钓鱼大海饵钩宏。⑥

受恩浑沌亡添孔，⑦

恣纵端庄广博精。⑧

2020.12.02

187

【注释】

八句按注序见《庄子》之篇目：

①齐物论，②德充符，③盗跖，④徐无鬼，⑤寓言，⑥外物，⑦应帝王，⑧天下。

七律

读《道德经》见小

大道无名无不在，
不仁刍狗顺天生。
东来紫气希夷至，
西去青牛寂寞行。
玄德五千言未尽，
大儒数百注何精。
满笺信手纵横字，
治国烹鲜楮墨明。

2021.02.17

七律

卡尔·马克思颂

无产无私大导师，
如雷醒世笔挥时。
《宣言》①火炬环球照，
志士迷津大道知。
三卷雄文资本论，②
廿秋心血圣经辞。③
虚怀汲纳先贤智，④
化育春风万世滋。

2021.07.02

【注释】

①《宣言》即《共产党宣言》。

②马克思《资本论》共三卷。

③恩格斯称《资本论》是无产者的《圣经》。

④列宁认为马克思批判地吸收了英国的政治经济学、法国的空想社会主义和德国的古典哲学。

七律

重读祝总骧、郝金凯主编《针灸经络生物物理学》见小

190

揭谜验证廿年工，
经络神经各不同。
离体肢端经脉活，
亡魂突触信途空。 ①
隐传得气循经内，
明觉入心归脑中。
图谱古今相印合，
功能奇妙五洲崇。

2021.09.29

【注释】
　　①死亡者神经系统的功能丧失，神经突触不能传导神经信号了。

五绝

赞北欧游团友画家陆陆

雪域绘奇真，
登高翰墨巡。
挪威云里遇，
冠冕一豪绅。

2019.07.07

意大利海港城留照

远海茫茫笺一卷

古今中外史传留

王公勤我寻摩诘

寨筏登山道自修

意大利亚得里亚海港城（2017.07）

五绝

清真寺咏

清真寺里有清真，
礼拜可兰经颂神。
韵律如诗人易祷，
信徒诚咏数躬身。

2019.12.15

七绝

木子北欧游诗篇欣赏

北欧万里寻诗景，

探赜吟哦韵更奇。

海阔山寒崖路上，

朝霞夕照饰娥眉。

2019.10.11

七绝

题贤母鞭策孺子牛塑像

纵犁辟土立家园，
孺子化牛鞭策奔。
汗浪激流神鬼泣，
耕成丹麦报娘恩。

2019.07.31　广州兰圃

【注释】
　　邻近丹麦美人鱼塑像，有一座气势磅礴的丹麦神话塑像。女神吉菲昂把四个儿子变成牛，鞭策犁地，一夜之间开辟了丹麦一片国土。

七绝

题挪威友人为我
"簪花"照

北国逢春访果园，
主人豁达少寒喧。
红薇替我簪冠正，
异域登科一照存。

197

2019.07.30

七绝

谒芬兰首都
西贝柳斯塑像

一瓣心香献大师，

音符默颂老身移。

风琴万籁天行键，

我沐朝阳喜赋诗。

2019.07.13

【注释】

西贝柳斯是芬兰作曲家。代表作《芬兰颂》定为芬兰国歌。

七绝

知音
——题木子抚琴照

赫尔辛基访伯牙，
子期赏曲沐朝霞。
风琴幸遇知音抚，
乐舞银波谢大家。

199

2019.06.30　广州

七绝

题西贝柳斯纪念碑

鸣诗交响颂芬兰，①

风啸银琴管浪湍。

直上九霄蓝谱记，

奇碑励志克千难。

200

2019.06.28　芬兰·赫尔辛基敬谒。

2019.06.29　广州撰。

【注释】

①《芬兰颂》是西贝柳斯（1865—1957）为激勉国民抗击沙皇所作的交响诗。

七绝

挪威达尔斯尼巴天际观景台①

云中雪岭割天横，
俯瞰峡湾蓝渺轻。
雨雾忽来濛绝顶，
吟哦铁汉隐峥嵘。

2019.06.26

乘车别挪威往瑞典途中即兴

【注释】
　　①挪威达尔斯尼巴天际观景台（SKYWALK DALSNIBBA）

七绝

问·答
——挪威奥斯陆维格朗
雕塑公园记

愤怒男孩问大师：

为何专塑裸身仪？

坦裎留得千秋美，

希腊众神天下知。

2019.06.22

告别卑尔根BERGEN COMFORT

HOTEL乘车往当地果园途中

202

七绝

奥斯陆淘碟记

信步他邦遇"故知"，
维奇夜曲演琴诗。①
天才"重返苏莲托"，②
潇洒科恩唱雨时。③

203

2019.06.21　往卑尔根车上

【注释】
①霍洛维奇演绎肖邦。
②帕瓦洛帝演唱意大利民歌。
③科恩名碟"蓝雨衣"。

七绝

敬游奥斯陆"和平奖"颁奖大厅

颁奖和平市府经，

繁星仰慕贵宾铭。

名厅简朴钟鸣远，

仲夏挪威草木馨。

2019.06.21

告别Vestlia Resot 旅馆乘车往卑尔根途中

七绝

神话——题丹麦小美人鱼塑像

大海玄机孰个知，

　"女儿"欲语是何词。①

　"金钱""生命""平安"等？

惟善如诗水不羁。

　　2019.06.19（当地03:48）

　　乘北欧DFDS游轮由哥本哈根往挪威首都奥斯陆OSLO途中。

【注释】
　①小美人鱼即"海的女儿"。

七绝

题与哥本哈根安徒生青铜像合照图

稚齿慕君今敬前，
年轻十岁似临仙。
童心赋得青铜彩，
共仰蓝天续旧缘。

2019.06.20奥斯陆时09:36
游轮准备泊挪威首都奥斯陆码头时

206

七绝

早安！

群鸥逆旅唤"魔铃"，^①

户外晨曦染树青。

日息戌时升起丑，

刚酣惊寤望天星。

207

瑞典GOOD MORNING HOTELL，

当地时间06:14

【注释】

①"魔铃"，MORNING 之谐音。

七绝

斯洛伐克

西游万里客思乡，
坐等咖啡欲断肠。
天使泪珠怜老滴，
落杯调酒更情长。

2021.10.25

【注释】

　　小憩咖啡店，品赏一杯美称"天使的眼泪"的咖啡。

斯洛伐克首都某家咖啡店（2019.06）

晴竹

龍笛鳴詩頌晚晴
春風幂韵篁高情
參差俯仰隨緣樂
最是凌空渭川生

七绝

北欧游

空航海渡雪山临，

晚岁诗游胜万金。

再听安徒生入梦，

尊崇诺贝尔明心。

211

峡湾涛涌豪情寄，

绝岭云飘化境寻。

子夜天明灵感至，

壶烹普洱付笺吟。

2019.07.01　广州

七律

东欧八国游纪略

莫扎特临魔笛咏，①

河流多瑙映天蓝。②

悬湖霸道穿云降，③

恋雁斯文绕楫谈。④

号古高鸣苍海应，⑤

泉甘漫品老舌贪。⑥

涂鸦满载残墙薄，⑦

骀荡纵横揽胜酣。

2020.10.22

【注释】

①奥地利·维也纳·金色音乐厅。

②匈牙利·布达佩斯·多瑙河。

③克罗地亚·十六湖国家公园。

④斯洛文尼亚·布莱德湖。

⑤意大利亚得里亚海港城·的里雅斯特·阿尔卑斯长号。

⑥捷克·温泉古镇卡罗维发利。

⑦德国·柏林墙。

另，斯洛弗克，乏善未吟。

七绝

风筝

欲驾清风访紫微，

白云生处豁心扉。

摇头晃脑航程远，

童叟情牵一线飞。

2020.05.02　太古仓码头

七绝

火钻

古壶身着大红袍，
火钻爷爷信口叨。
"皇帝新衣"孙子笑，
顽童张口学文豪。

215

2020.05.04

【注释】
闲居，见家徒四壁，聊靠书籍充栋……自
幽一默，对两孙信誓旦旦：阿爷在银行保险
柜中，藏了一个稀世大红坭古壶及三颗"火
钻"。孙笑曰"皇帝的新衣"！

七绝

风筝（二）

——晨游太古码头即事

君心与我线相连，
筋斗擂云上九天。
追问少年心底事，
晴空万里一鸢翩。

2020.04.26

216

七绝

贺儿

曾经军旅卫边陲，

退伍寻师美院驰。

七尺男儿初度日，

铁肩担负显雄姿。

2019.07.17

七绝

忆童年早餐
—— 答诗友河山问杨桃干何用

清晨上学两分钱，

一片三稔气味鲜。

揭起玻璃瓶盖搜，

紫霞入嘴齿磨研。

2019.08.07

218

七绝

题赖锡康金镶玉浮雕
《国色天香》

艺术门徒面壁呵，

胼胝金玉廿年磨。

花开迎客天香奉，

国色迷人至烂柯。

2021.12.03

【注释】

　　《国色天香》（2.7米×2.3米），是艺术家赖锡康耕耘近廿年的浮雕杰作。采集天然玉石，酌原色而繁花，量铜材以生木，锻紫金为染空。琳琅养目，缤纷乱真。远瞻近赏，醉怀忘我。惟诗可以触情放浪也！

五律

孙子奉茶敬母

家慈言口渴，
小喆上前咨。
迅步提壶急，
专心注盏迟。
温凉先自试，
浓淡更心知。
含笑躬身奉，
香茶敬母时。

2021.02.21

七律

忆斗蟀

树下顽童来斗蟀，
各持名种钵中投。
诱须激翅雄声振，
张齿呈威怒气遒。
连体翻腾牙紧楔，
顶头定息脚齐收。
黄毛喝彩声难了，
甩髀残兵斗剩头。

2020.09.28

七律

九龙泉记

淙淙天籁一泉吟，

熟客跫然笑听音。

水雾沾襟如叙旧，

龙涎沏茗更倾心。

凌空写竹风兼雨，

纵墨行笺古与今。

伉俪隐几同远眺，

沐阳馨歆胜千金。

2020.11.15　　兰圃

七律

敬致陈坚胜博士

当年赏曲共天真，

相惜惺惺白鬓纯。

最盼今春新气象，

音河同渡座相邻。

2020.01.11

七绝

初中同学梁孟光住院疗病。前往探望未遇。赋诗遥祝

同窗三载古稀铭，
沧海曾经亦寿星。
留得青山悠养气，
祈君坎过更精灵。

2020.06.23

七绝

访老韩伉俪

朝阳玫瑰伴书香，
沏茗端庄奉客忙。
豁达不言名禄事，
三杯慢品胜琼浆。

225

2020.07.15

七绝

雕塑家黄河印象

如河灵感浪滔滔，
塑像挥斤石匠豪。
博采神姿通造化，
童真治埴最风骚。

2022.01.16

七绝

佳节喜礼

——躬受老国画家刘大铭托贤婿广州美术学院教授冯乔专程赠送《刘大铭书画作品集》感怀

中秋嘱倩送书来，

夺目丹青大莘才。

碧宇月圆肝胆照，

知音耄耋远尘埃。

2020.10.01

七绝

幸会画家董一点老师

艺博谦谦函丈至，
诙谐夜话座前聆。
懂其一点迷津渡，
画结诗缘月共星。

2020.10.18

【注释】

10月17日，曾长耕老师与画家董一点伉俪夜访陋庐，幸会。

七绝

题高中同窗
"味国厨房"聚餐照

能饭廉颇"味国"来，
佳肴大快朵颐摧。
秋金共享何温煦，
二八耆英十六孩。

2020.10.27

七绝

幸谒赖明世伯

腹有诗书气自华，
忘年文友靥如花。
雄躯白寿游龙笔，
挥洒岳阳千里霞。

230

2021.12.03　兰圃

【注释】

昨晨应赖锡鸿约，往"松鹤养老院"敬谒令尊赖明世伯（行年九十九岁）。喜受其垂赠《岳阳楼记》等名篇的书法集，作余前赧奉《痴竹诗集》之钧酬。并即席吟诵范仲淹的名句。痴竹有福！

七绝

题与小提琴家
蔡纪凯合照

幸遇琴王大卫徒，
期牙恨晚两相扶。
吟哦结集躬身奉，
望九雄躯雅厪都。

231

2021.11.12

【注释】

　　蔡老是当年来华的苏联小提琴家在中央音乐学院举办的专家班中的优等生，是一名受人敬仰的小提琴演奏艺术家和教育家。曾任广州交响乐团首席和天津交响乐团的首席。

七绝

题高中同学旧照

回眸一笑青春近，
半纪风云跌宕过。
岁月无痕惟笑靥，
且将旧照赋儿歌。

2021.11.28

七绝

归宁吟

春晖寸草岂能忘，
霜鬓酬诗陌几章。
赧奉高堂为薄礼，
归宁竖子敬书香。

233

2021.10.18

【注释】

趁母校广州市第一中学校庆前夕，谨抱拙作《痴竹诗集》（广东人民出版社2019年版），归宁赧奉。诗铭。

七绝

步顾玉潜吟长诗韵

天涯知己不言空，
辩证慈航皓首衷。
四海阴霾虽未散，
诗人微信渡洋逢。

2021.09.05　穗城

原玉

遥谢医馆同事莫礼荣兄

顾玉潜

文兄联语越长空，
捧若鸿文暖赤衷。
早盼环球驱疫气，
和诗对句庆相逢。

235

辛丑秋日于澳洲

七律

《痴竹诗集》初版感怀并敬谢挚友

拙集痴心竹客篇，

慧儿健敏校精专。

名山金匮非吾愿，

曲水流觞有众缘。

老马蹄敲天砚应，

书虫咀蛀海笺旋。

三年水榭兰亭晤，

雏鸟梧桐细雨翩。

2020.01.03

七律

游十香园

香园雅集正衣冠，

高致林泉咏侣叹。

日暖襟怀皤发焕，

霞生笑靥美颜欢。

著英老去书犹在，

骚客今来墨未残。

画派岭南山长谒，①

倾心重把彩笺看。

2019.01.10

【注释】
　　①十香园纪念馆是晚清广东著名画家居
巢、居廉昆仲的故居及作画之所。

237

七律

读周老克光老师赠
《痴竹诗集·序》感怀

识荆未谒《序》先求，

慷赠千言越矩修。

勉励吟哦循正道，

细评字句赋奇谋。

七章钧览秋毫察，

全集精梳墨宝留。

夜品甘饴心不老，

灯前纵笔颂师讴。

2019.09.04

【注释】
　　周老前辈，广东中华诗词学会副会长。

七律

与锦辉文长茶叙记

《子曰》名楼聊一叙，

心随所欲矩同逾。

帆临海角丹青采，

马走天涯翰墨图。

剪烛西窗明素节，

听松古寺受醍醐。

学而时习惺惺惜，

觭偶崇真道不孤。

2020.09.22

【注释】

　　锦辉文长，尊姓骆。曾任省级党刊文笔。诗人，画家，旅行家，广游六十余国和华夏名胜，采风、速写。已由广东人民出版社、岭南美术出版社出版发行画册和游记。

239

七律

故居
——诗友联句

羊城古雅老西关（家雄）

河柳依依燕雀还（莲蓬）

石板青砖留旧貌（木子）

熟人远客悦新颜（富英）

倾谈木屐惊酣梦（富英）

仰沐甘霖顾碧湾（居士）

寻咏故居诗侣众（竹子）

触情雅士唱酬殷（笑兄）

2020.11.01

【注释】

擅将诗友名句，移字换词，勉为七律。赧然奉上，越俎技拙，惟盼见恕。

七律

和木子贺诗

郎中七五为何诗？
乐颂岐黄济世奇。
继昝焚膏忘玉漏，
钩沉遇偈问良师。

遨游海角兴词醉，
博采天涯比类滋。
结集书香传晚辈，
桑榆未晚正逢时

2021.12.21

原玉

祝贺《痴竹诗集》出版
木子

半生心血著诗词，
浩气一腔成竹痴。
妙手行针春意暖，
真情秉艾爱心随。
云游四海寻仙境，
剪烛西窗览博辞。
儒雅翩翩宁静远，
朝融华彩夕红时。

2019.01.06

七绝

听北京天使合唱团
演唱罗大佑《童年》

歌声载我返童年，
雪鬓飘萧染彩烟。
喜见凌霄天使至，
青梅竹马玉阶前。

243

2020国际儿童节

七绝

喜再逢
——与曾松龄教授赏乐记

轻斟红酒赏《卡门》，
旷逸期牙故事温。
诗画相通音律辩，
玄虚蕴藉古今言。

2020.06.08

244

七绝

敬致舒伯特
——星海音乐厅殷承宗
钢琴独奏音乐会随想

琴鸣"即兴"① 大师风，

星海波扬月色融。

古典殷承宗大义，

键生华彩绕梁丰。

2019.07.20

【注释】

①《即兴曲》是舒伯特最负盛名的钢琴作品之一。

七绝

七夕夜听意大利歌唱家安德烈·波切利之《深情的吻》

声波秋水尽情倾，
天籁心生远俗鸣。
织女牛郎陶醉乐，
彩云抱月恨天明。

2020.08.26

七绝

听娃娃弹琴

嫩指精灵耍键琴，
天音华彩是童心。
伯牙董大云中听，
停手不弦谜满襟。

247

2020.10.07

七绝

与挚友麦英腾赏乐即事

赏乐竟然同境见：

顽童好撒外婆娇。

忘年皓首何曾老，

玉漏无催弱冠聊。

2021.10.03

七绝

嵇康

琴振檀栾散广陵，
遏云逆水坠雄鹰。
斯人已杳风流在，
夜静聆音素节承。

2021.07.10

扑克·查理大橋

護橋塑像儘天驕
自把閑心萬里朝
一聽四重絃樂奏
知音定立享逍遙

251

在捷克布拉格查理大桥与爵士弦乐四重奏
的合照（2019.06）

七律

"杜康"
——晨听爵士乐有怀

"爵士"知音品杜康，
摇摇摆摆伴朝阳。
鼓槌敲破黄粱梦，
琴键抚邀皤发郎。
杂念徐徐凭曲净，
薰风习习绕怀香。
金秋下里巴人至，
醉奏"阳春白雪"狂。

2020.09.26

七律

聆听傅聪演绎肖邦
《夜曲》随想

明月金弦天地应，
傅公引我谒肖邦。
唐诗异国融琴韵，
夜曲故乡弹古江。
哲嗣先严家训在，
大师奇艺缪斯降。
中波游子蟾宫晤，
论道投壶共一缸。

253

2020.10.12

七律

傅聪

幼承家学诗书博，
习艺如痴黑白磨。
夜曲琴兴蟾玉落，
足音峪响赤松歌。
弱年心与肖邦晤，
望九魂同太白过。
至乐乐无天籁永，
誉诬誉至誉何多。

2021.01.03

第三章

联 语

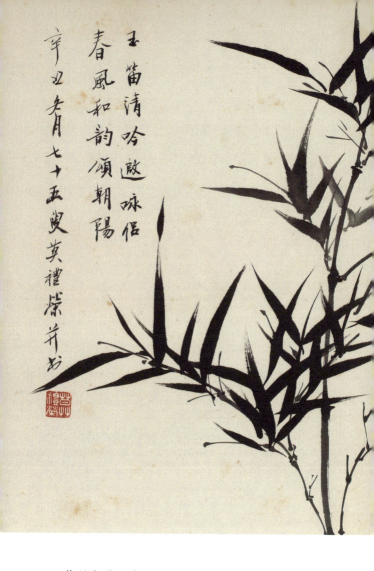

玉笛清吟邀咏侣
春風和韵颂朝陽

辛丑春月七十五叟莫礼柴芹书

作品名称：春
尺寸：67cm×46.5cm
材料：纸本水墨

赓酬（一）

上联（胡文汉）

钟南山，赴龟山，坐镇火神山，带领南丁医武汉；

下联（痴竹客）

谭德塞[①]，惊疫塞，巡观磐石塞，高评德塞护炎黄。

【注释】
①谭德塞，世卫总干事。

赓酬（二）

诗书胜药堪颐老，
竹石怡情合咏题。

赓酬（三）

夏竹清幽龙啸笛，
（痴竹客）
春亭雅致凤来仪。
（陈昇阳）

赓酬（四）

音若有心方会意，

（陈昇阳）

月如无日那能明。

（痴竹客）

260

赓酬（五）

一卸浮名如释担，

（宋米）

重登古寺胜攀云。

（痴竹客）

赓酬（六）

冰槛雪山银世界，
（黄沛洵上联）

竹轩林海绿乾坤。
（痴竹客下联）

赓酬（七）

兰馨临雅座，（痴竹客）

竹韵醉骚人。（邓富英）

2021.02.07

广州兰圃同馨厅

品茗同馨邀陆羽，
观鱼自乐学庄生。

2020.12.25

兰圃芳华园

峥嵘岁月新园续，
古朴林泉故事传。

2020.12.29

【注释】
　　"芳华园"是兰圃里新建的"园中园"。按原版和大小复活当年在德国慕尼克国际园林展会上获金奖的芳华园。

十香园

耕耘八纪岩成玉，
教化终生义薄云。

2021.01.09

萝岗玉岩书院

丹青一脉流觞发，
翰墨千秋活水传。

2021.01.19

白云山"摩星岭"

夜渡星河探北斗，
朝挥雾彩绘南天。

2021.01.21

衡山"黄庭观"

两卷黄庭修羽客，
千秋碧石录经文。

2021.01.26

【注释】

"黄庭观"在衡山之麓。相传是道教为纪念"上清派"之祖，西晋魏夫人修《黄庭经》（分内景，外景）而立。书圣王羲之曾抄《黄庭内景经》，赠山阴道士，笼鹅而归。予当年谒观，闻说观内古时一碑，镌右军书之经文。惜逢"文革"之劫而失。

"萝岗香雪"

雪瓣如涛香古岳，
游人似醉赏花云。

2021.01.28

广州海幢寺鹰爪兰

玉女清魂栽碧荫，
鹰兰逸志慕丛林。

2021.01.18

白鹅潭夜月

白鹅采月繁星漾，
珠水浮天百舸翔。

2021.03.11　兰圃

广州中山纪念堂

天下为公，身心交瘁；
堂前立像，日月同辉。

2021.03.11

广州星海交响音乐厅

交响铿锵天击节，
抒情浪漫海扬波。

白云山九龙泉上碑林

骚人墨宝，镌石去天尺五；
古岳龙诞，泽文明月三分。

2021.03.18

古埃及法老

　　人首狮身，靖顾山河
留"四旧"；
　　王陵木乃，长遗世泽
荫重孙。

2021.03.25

【注释】
　　王陵，法老墓金字塔。木乃，法老遗骸木
乃伊。

纪念胡耀邦105诞辰

天问谁人当国好？
民称古月耀邦明！

2021.02.19

中国地质学家李德威教授西藏高原温泉前留照

269

振翮雄鹰，傲笑高原探奥秘；

扬蹄大荦，豪登绝境问乾坤。

2021.03.15

陈独秀

先生功过坤乾记，

独秀瑜瑕正史真。

2021.03

广州中医药大学副校长广东省中医院副院长张忠德第三次出征赴瑞丽

睿智神农，屡辨阴阳

祛毒疫；

仁心国士，三提肝胆

上征途。

2021.04.13

袁公隆平颂

博学神农，水稻杂交良种育；

慈悲国士，襟怀豁达佛光迎。

2021.05.23

吴公孟超颂

擅舞神刀，斩劈膏肓征坎坷，华佗拜服；

长施妙手，驱除险恶化平夷，佛祖三躬。

2021.05.23

黄政致诗长七五初度

霞客南山登寿域，期颐可至；

骚人珠水赋长篇，大器祈成。

2021.04.03

自贺74岁初度

　　自荐轩辕，素问平生
能守志；
　　长航善域，灵枢夙愿
笑回眸。

2021.02.28

【注释】
　　《素问》、《灵枢》合为《黄帝内经》。
前载辩证诊治，后论经络针灸。

藏书

酝酿幽香熏陋室，

吟哦古韵绕端梁。

2021.01.30

题张路（1464—1538）
《老子骑牛图》

一出雄关玄径寂，

惟留故国道经宏。

2021.02.06

读《老子》

紫气临笺贻道德，
青灯赋影辩阴阳。

2021.02.06

广州美术学院油画教授
曾松龄作品展
《朴素的意义》

丹青朴素，归真浪漫；
油彩无形，得意辉煌。

2021.03.06

与广州美院艺术家
赏乐欢叙

　　挚友围炉，画艺切磋
忘玉漏；

　　韶音抚鬓，诗声伴奏
醉金兰。

2021.03.07

读《周易王韩注》见怀

得意忘形，形之上学；
除繁执简，简外高言。

2021.03.03

【注释】

王是〔魏〕王弼，韩是〔晋〕韩康伯。

高毓平诗选
《广州新咏》

　　厚道勤劳，翰墨怡情新咏赋；

　　风流倜傥，英华养寿杏坛栽。

2021.04.03

鸿爪雪泥

雪泥鸿爪，诗情清晰
印纵横，童真可鉴；
　　烛炧笔痕，韵意朦胧
烟浪漫，晚志长延。

2021.03.31　兰圃

【注释】
　　奉送《痴竹诗集》给母校广州中医药大学图书馆收藏，回赠《荣誉证书》。

孙女画太白
《望天门山》诗意

　　笔启天门，太白诗心
逢稚手；

　　帆航碧水，蔚慈画意
向朝阳。

2021.09.12

孙子创作"蒙娜倩盼"

　　心有灵犀今古晤，

　　笔描美目智愚迷。

2021.05.20

辛丑春联·和乐家兴

蔚文出众慈严赏，
熙语可人喆艾欢。

2021.02.10

【注释】
　孙女名蔚慈，孙子名熙喆。

　　广州美术学院硕士邱健敏（左）、广州美术学院附中老师曾长耕（右）、作者莫礼荣（中）